Un petit garçon est allongé sur le fauteuil du dentiste.
Sa maman le supplie :
– Allons mon chéri, obéis ! Ouvre grand la bouche comme le docteur te le demande.
C'est juste pour qu'il puisse retirer ses doigts !

Une petite fille demande à son père :
– Dis papa, je pourrais avoir un chien à Noël ?
– Non ! répond le père. Tu auras de la dinde comme tout le monde.

Que prend un éléphant dans un bar ?
Réponse : Beaucoup de place

– Maman qu'est-ce qu'il y a dans ton gros ventre ?
– Ton petit frère, mon chéri.
– Oh ! Pourquoi tu l'as mangé ? s'écrie le petit garçon.

Les épisodes de cette compilation sont parus dans la collection Tom-Tom et Nana
chez Bayard BD Poche (34 tomes).
Les scénarios ont été créés par Jacqueline Cohen et Évelyne Reberg,
à l'exception de *Allô Tom-Tom bobo !*
coécrit par Jacqueline Cohen, Évelyne Reberg et Béatrice Marthouret.
Les dessins sont de Bernadette Després.
Les couleurs sont de Catherine Viansson-Ponté.
Couverture colorisée par Rémi Chaurand.
L'éditrice tient à remercier Chaïma Abagli et Matthieu Lor pour leur aide précieuse.

Isbn : 978-2-7470-6197-1
Dépôt légal : mars 2016

Imprimé en Chine

Tom-Tom et Nana sont des héros *J'aime Lire*

Tom-Tom et Nana

Tous potes, tous au top !

Scénarios : Jacqueline Cohen et Évelyne Reberg
Dessins : Bernadette Després
Couleurs : Catherine Viansson-Ponté

bayard jeunesse

Le meilleur de Tom-Tom et Nana

Tous potes, tous au top !

Découvre ton puzzle à la fin du livre sous la couverture.

Un chic unique

Un chic unique

Si tu l'abîmes, je le dis à mes parents !
Et ils viennent te tuer chez toi !
D'accord !
Il est… 15h02 !
A 16h02, je viens le chercher !
Enregistré !
Baboon Boys
Rendez-vous ici même !
Pas de problème, chef !

Un peu plus tard...
Allez, avance!
Minute! Je m'admire!
Dans les flaques, en plus?!
À moi, les filles!
Bizarre! J'en vois pas une!...
?!?
Même pas Fatiah! Ni Sophie!
Je sais!! Elles sont dans la cabane!

Un chic unique

Gare au Baboon...!
Attention au clou!
SCRATCH!
Aaah!
Misère!
J'ai plus qu'à me suicider!
Donne! Je vais arranger ça... avec du scotch!
Donne, je te dis!
CRAAC!
J'suis cuit!
Euh... Il t'en reste un bout!

Un chic unique

Ouvre les yeux!!
Y'en a deux!!
Gloups!
Pince-moi, je rêve!
Aïe! Pas si fort!
Je deviens fou! J'hallucine!
Y'en a partout!!

Un chic unique

Un chic unique

Le Tom-Tom Club

Mettez vite vos uniformes!
Oui, chef!
Tous en rang pour l'inspection!
Ah, ça commence bien!... J'avais dit tous pareils, les bandeaux!
T.T. CULB
Tom Cleub
J. KLUB
TOM-TOM-CLUB
Redresse-moi ça! On n'est pas un club de pirates.
Oui, chef!
J'y vois plus rien!
Bon, passons à l'action!

3-2 (94)

Allez me chercher des cartons, des capsules, des cailloux, des bouchons, des boutons...
Pour quoi faire, chef ?
Pour le trésor, idiot !
Prenez aussi du papier, des ciseaux, du cirage...
Du cirage ?
Silence ! Obéissez !
À vos ordres, chef !

Cinq minutes après...
Chef, tu vas être ébloui!
On a trouvé des merveilles!
Ah, non! C'est pas le Poubelle-club!!!
Je jette!
Oh!... C'était pour décorer!
Ça aussi, je jette!!... Ah, un siège! Je le garde... pour le trône du chef!

3.4 (94)

Maintenant, chacun fait sa carte du Tom-Tom Club !
Coupez droit !
Oh, zut !
Pas de tache, s'il vous plaît !
Et écrivez bien la devise !
Un pour tous... TOUS POUR TOM-TOM !!!

Vos doigts dans le cirage pour les empreintes digitales!
??
Les dix doigts, s'il vous plaît!
Ça fait une sacrée patouille!
Tais-toi!...
C'est notre signe secret : la marque noire!
Dis donc, on joue maintenant?

3-6 (94)

Minute ! Il faut encore faire la pub du club !
Voilà le modèle !
VIVE le club des clubs, LE TOM-TOM CLUB inventé et dirigé par le génial grand chef TOM-TOM
gratuit
24h sur 24h
Copiez moi ça 150 fois !
Ensuite, vous irez coller les affiches dans le quartier !
Pendant ce temps, je monte la garde !

Il est débile ce club!
On s'amuse même pas!
J'en ai marre!!
T.T. CULB
T. Cleub
T.T. KLUB
Nous, on fait tout, et lui, rien!
Et d'abord à quoi elle sert, sa "pub"?
Tom-Cleub
CULB
Hé, les gars, j'ai une idée!
T.T. CULB
Pshiii... pshiii...
ouais!
KLUB

3.8 (96)

Hi, hi!
Pffff!
T.T. CULB
T.T. KLUB
Cleub
grat... grat...

Alors, vous avez fini ?
Oui chef!
Presque!

On va coller les affiches!
Repose-toi, chef! Prends des forces!
TRESOR

Une heure plus tard...
Qu'est-ce qu'ils font ?
Ma parole, ils m'ont lâché !
?
Oh, les traîtres !
Le voilà !!
Tom-Tom, j'ai des patates à éplucher !..
... Deux poubelles à astiquer !
... Mon toutou à coiffer !
??!!!
LE GENIAL TOM-TOM vous offre ses services ! Accepte tous travaux même idiots.
24 h sur 24 h
Gratuit
PAF !
BOUM !
FIN
3.10 94

Le championnat de ménage

Le championnat de ménage

166-2

Comme la cuisine... C'est pas possible!
On est foutus...
On n'y arrivera jamais!
Pas de télé pendant trois mois!
Qu'est-ce qu'on a fait pour mériter ça?
En plus on est tout seuls!
Tout seuls?... Attends, j'ai une idée, on ne sera pas tout seuls!
Allô! Rémi?
Allô!... Sophie?
Après, tu appelleras Alexandre!

Oh ! C'est génial ton idée !
Championnat de nettoyage artistique !
Nombreux lots (délicieux) A GAGNER...
Distribution des prix dans la → cuisine.
Tout va être propre en deux minutes !
Surtout avec Alexandre !... Il est fort comme un rouleau compresseur !
Bon... C'est moi qui dirige les opérations !
Et moi, je distribue les prix dans la cuisine !
166-4

Le championnat de ménage

Terminé!... Qui a gagné?
Vous êtes tous ex aequo!
Venez chercher vos prix! Mousse au chocolat!... Orangeade!... etc.
YOU-HOU!
Deuxième épreuve! Balayage!
PAN!
Hé! Tu triches, toi!
Garde tes saletés pour toi!
PING!
Et hop! On dégage!
166-6

La médaille d'or revient à... Alexandre!
C'est pas juste! Son balai est mieux que le nôtre!
Bon, bon! Vous êtes tous ex aequo!
Nos prix! Nos prix!
Venez vite au paradis!
Troisième et dernière épreuve... Passage de la serpillière!
PAN!
Allez-y! Du punch! Du nerf! N'oubliez pas les coins!
PFFF!
PFF...
PFFFFFF!
FLLOOOSH!
166-7

Encore une fois, tous ex aequo!
HOURRAH!
Sus au congélateur!
À nous les esquimaux!
On attaque la chouquette!
Ah! Ça, c'était vraiment du sport!
Félicitations les champions! Vous avez été formidables!
Hic!
Hic!
Digérez bien vos médailles d'or!
Ouais!
Hic!
Et voilà! Il n'y a plus qu'à...
... attendre papa et maman!

(166-8)

Oh! Quelle merveille!
Tout brille! Tout scintille!
Ça n'a jamais été aussi propre ici!
Mes pauvres chéris...
...Il ne fallait pas vous donner tout ce mal!
Mais oui! C'est de la folie...
Vous devez être épuisés!
Reposez-vous! Je vais vous préparer plein de petites gâteries...
On est trop durs avec ces enfants!
Ils sont si...

166-9

AAAAH!
Adrien! Mon Dieu! Qu'est-ce qui t'arrive?!
Ma cui-cui... ma cuisine!!!...
Euh... Papa... vous pouvez peut-être retourner au cinéma?!
Oui... Il y a un bon film qui dure trois heures...
Nombreux lots
(délicieux)
A GAGNER
FIN

166-10

Maudits rollers !

Argh!... Je suis mooort!
Vite, du secours!
Encore un accident!
Le cinquième de la journée!
Cette fois, c'est sérieux!
J'appelle une ambulance!
Il a tenté la vrille piquée!
Aaaïe! Ouille!
Ah bravo! Il s'est cassé toutes les jambes!
Maman! J'entends le corbillard!
Le pauvre!
PIN! PON!

Zou! À l'hôpital!
Laissez-moi!!! Je veux rouler! Même sans mes jambes!
Toc! Toc!
URGENCES
Eux, ils vont faire des progrès et moi je serai le plus nul de la bande!
Mais non! T'en fais pas!
Regarde!
On n'y touche plus à nos rollers!
Tu connais la devise : "En patins, c'est nous trois ou c'est nous rien!"

Une minute après...
Mais qu'est-ce que tu fais?
Ben... On repart!
quoi?!?
Et notre promesse à Rémi?
Bah! Il peut pas nous voir!
T'as pas honte!!! Mentir à son meilleur copain!
Euh... ben...
En tout cas, moi, je ne le trahirai jamais!
Bon, bon!
On va les ranger!

Hop ! À la niche !
STAR ROLLERS
Une heure plus tard...
Ils vont s'abîmer, non ?
Sûr ! Quand ça bouge pas, ça rouille !
STAR ROLLERS
STAR ROLLERS
Les champions, ils les font rouler 24 heures sur 24 !
Sans blague !
Oh ! Que j'ai envie de les mettre !
Un bon conseil : ne les regarde plus !
STAR ROLLERS
STAR ROLLERS
Y a qu'à répéter les mouvements sans patins !
STAR ROLLERS
Bascule en avant !
Jambe droite pliée !

Et youps! Je m'envole!
Tu parles! T'es vissé à la moquette!
Idiote! Je vais te montrer pour de vrai!
STAR ROLLERS
Non, lâche ça!
Juste une minute!
Et la promesse, hein?!
En patins, c'est nous trois ou c'est nous RIEN!
C'est trop dur! J'ai des fourmis dans les jambes!
Moi, pareil!

Cachons-les, Tom-Tom !
Loin de notre cœur !
Pas dans la chambre, on serait trop tentés !
Dans la cuisine !
T'es fou ! Pas dans le bouillon !
?
?
Dehors !!
Nulle cette cuisine ! Y'a même pas de bonnes cachettes !

Aidez-nous!
Cachez nos rollers, par pitié!!
On a des bandits aux trousses?
Hi! Hi!
Mettez-les sous mon chapeau!
Dans ma poche!
Pssst!
J'ai une meilleure planque!
Ziiip!
Là-dedans!
Oh merci, madame Kellmer!
Merci!
Ne les perdez pas, hein!
Promis! Ce sac et moi, on ne se quitte pas!
Ziiip!

Quelques minutes après...
Mon Dieu ! Mon taxi !!
Je vais rater l'avion !
La veinarde ! Elle s'en va en Australie !
Mais !
Nos rollers !
Misère !
Coucou ! Me revoilà !
Vous vous êtes bien entraînés ?... Moi, oui !
Hein ?!?

J'avais rien du tout! C'était génial!
J'ai foncé comme un bolide dans tous les couloirs de l'hôpital!
Alors ça, tu vas nous le payer...
Qu'est-ce qu'on avait dit, hein!
En patins, c'est nous trois ou c'est nous RIEN!
Euh...
Haut les pieds!
Et sans rouspéter!
Mais...
Plus tard...
Allez!
Plus vite!
C'est encore loin l'Australie?
FIN

La foire aux lapins

Je vais en faire du civet, du rôti ! du ragoût !...
Adrien, du calme !
Vous devriez les donner à vos copains !!!
Mais oui ! Pas la peine de s'énerver !
Hou, hou !
Ils arrivent !
Mes parents sont d'accord !
J'en prends deux !!
Tu vois ! On va être débarrassés !
ICI Foire aux Lapins

Je veux André !
Et moi...
Lapins
BATMAN
Zoé
Hé! Pas touche!
Attendez!
On ne donne pas nos lapins à n'importe qui!
Plouf!
André
Rien qu'à des connaisseurs!
Des vrais amis des lapins!
Vous devez passer un "Lapino-test"...
Ah?
Lapino-test
Vous êtes prêts?
Oui!!!
BATMAN
André

228-3

Voici ma question : qu'est-ce qu'un lapin ?
Euh... j'sais pas, moi !...
En tout cas, c'est pas une vache !
10
Foire aux Lapins
André
Ben c'est,...
...Ça !
pssi... pssiii...
Zéro !
Mmm... Ça ne va pas du tout !
0
Lapino-test
Le lapin est un her-bi-vore !
Éliminés ! Tous dehors !
0
Oh non !
Pitié !
C'est pas juste !

228-4

Allez ! Une question de rattrapage !
ICI Foire aux Lapins
10
De quoi le lapin a-t-il peur ?
Lapino-test
Du loup !
De la bombe atomique !
De la lapine !
ICI Foire aux Lapins
Zéro ! Nuls !
0
BATMAN
Grr
Je soigne mon lapin
228-5

Le lapin a peur des courants d'air !
Vous êtes tous éliminés ! Dehors !
Eh bien, gardez-les, vos lapins !
On s'en fiche !
Moi, d'abord je préfère les souris !
ICI Foire aux Lapins
Mais...?!?
Ils sont encore là ?
Personne ne les a pris ?

228-6

On ne peut pas les donner à des idiots...
... Quand même !
ICI Foire aux Lapins
BATMAN
Ohé !
Tiens... Sophie !
Pour les lapins, c'est pas trop tard ?
Pas du tout !!
Au contraire !
ICI Foire aux Lapins
Ma mère, ça l'intéresse !
Elle a bien raison !!
ICI Foire aux Lapins
Dis-lui de venir tout de suite !
Je fonce !

228-7

Nous voilà sauvés!
Épatant!
J'en étais sûre! Madame Moulinet adore les animaux!
On va lui faire un beau paquet!
C'est dégoûtant, elle n'a même pas passé le Lapino-test!!!
Lapino-test... pff!
N'importe quoi!
ICI
Ma petite Dorothée! Mon coeur!
Ne prends pas Batman par les oreilles!
Monstre!

(228-8)

Il s'est gêné, lui, pour me ronger mes pantoufles!
Laisse-moi embrasser une dernière fois André!!!
Ooooh!
Je n'ai même pas eu le temps de peigner Zorro!
Booooh!
Ma mère arrive!...
... Avec ses cages!
Mais...
... C'est pas la peine!
ICI Foire aux Lapins

Ah, mes amis! Quelle bonne idée, cette foire aux lapins!
ICI
BATMAN
Voilà les miens!... Impossible de m'en débarrasser!
ICI
J'espère que vous, vous y arriverez!
Xahou!
Des petits nouveaux!
FIN
André

La colo des cucus

Il cherche son...
Tais-toi!!
BLAM!
Tu cherches quoi, hein ?
Rien! Rien du tout!
Filez! Et ne touchez plus à vos bagages!
J'ai perdu mon lapinou!... Je pars plus en colo!
Pauvre Tom-Tom!
Sans lui, je pourrai pas survivre!

Je dormirai pas! Je ferai des cauchemars horribles!
Attends... J'ai une idée!
On va en racheter un!
Ah?
J'ai des sous, regarde!
Oooh! Super!!
CLING!
cling!
Dis... Tu le répètes à personne, hein!?
Quoi?
Ben... que j'ai besoin de mon Lapinou!
Promis, juré, je suis une tombe à secrets!

Mag à zinzin
La voie est libre!
AGONY 2000 ENFIN PARU
Y a personne qu'on connaît!
Mortal Dream
270F
AGONY 2.000
349F
TANK ATTAQUE
360F
Le rayon Bébé, c'est là-bas !
Chut ! Parle pas si fort!
CAIS
Tom-Tom! Nana!
Oh, misère! Rémi... Sophie!
Planquons-nous!
Où vous êtes? Vous vous cachez, ou quoi?
P'tits PRIX
69F
49F90
35F

Hé ! Qu'est-ce que vous faites par ici ?
Euh...
30F 15
Ben... on... je...
On cherche un...
30F 15
lap... burgll gll...
Vous êtes en plein rayon pour les débiles !!
30F 15
70F
Areuh-areuh ! Le zoli canard !
Coin, coin !
30F 15
Et ce lapin !! Hi hi hi ! C'est pour les cucus !
Pfff !
Pfff !

Tous au rayon vidéo ! Y a Mortal Dream et Agony 2.000 !
Prends-le, ton Lapinou !
30F15
PING!
On arrive !
25F
Un peu plus tard...
On a rien pris !
C'est trop cher !
?
CAISSE
Hep, toi ! Le petit tout rouge au long nez !
CA
Qu'est-ce que tu as dans la poche ?
Rien madame !

Et ça ?!
Euh… C'est… c'est pas-pas… pas moi, madame !…
Voleur !
Quelle honte !
Celui-là, il va finir en prison !
Oh ! Un voyou !
P'tit PRIX
À moi de jouer !

Ouiin ! Méssante madame !
Ze l'ai pris pour moi, le lapin !!
Ze le veux ! Ze le veux !!
Mais il faut payer, ma petite !
Z'ai des sous !
Ze suis risse, moi !
Ma parole, elle a fait un cambriolage !
CAISSE

Ça va pour cette fois, mais…
T'es pas un peu toc-toc ?!
Piquer un truc aussi nul !!
Mais…
Je ne l'ai pas piqué !
Mon oeil !
Il a sauté tout seul dans ta poche ?!
Allez, va ! À tout à l'heure !

Plus tard...
Ouf! Ça a été dur!
Vous êtes prêts?
Oui! On y va!
Vous avez tous vos doudous?
Moi, j'ai ma grosse tétine!
Oui!! Le mien, c'est un vieux slip à papa!
LUTINS
Le mien c'est ça!
C'était bien la peine!
FIN

Le chef des chefs

Le chef des chefs

222-2

Le chef des chefs

222-3

J'ai fini!
Votez Rémi, le plus grand cracheur mondial!
VOTEZ Rémi
Ha, ha!
Hi, hi!
Sophie! La plus meilleure en calcul!
VOTEZ SOPHIE
1.240
+ 1
1.241
Bof!
Beuh!
Moi, c'est bien mieux!
Hein?!
Votez Nana!
VOTEZ NANA
Quoi?
La fille qui sait pleurer pour de faux... avec de VRAIES larmes!
222-4

Ça va pas la tête !
Une présidente pleurnicheuse ?
Tu veux rire ?!
Il faut être très fort pour faire ça !
Yen a pas beaucoup qui y arrivent !
Pfff !
HA ! HA !
Et toi, hein ! Fais voir ton affiche, d'abord !!
Pffff !
Votez Tom-Tom... Votez Caillou-man !!
Caillou-man ??
C'est du chinois ?
VOTEZ TOM-TOM
222-5

Vous connaissez Superman?
Ben... oui!
VOTEZ TONTON
Eh bien, Caillou-man est encore plus fort, et c'est moi!
Regardez bien ce caillou!
Je l'expédie sur la planète Mars!!
TOUTOU CHIC
À la une, à la deux...
...et HAN!

222-6

Où il est?
Je le vois plus!!
DZiiiiNG!
Bandits! Vauriens!
Oh, un Martien!!
Au secours!
À moi de jouer!...

222-7

Où sont les voyous qui ont cassé mon pare-brise?
À la une, à la deux…
Et… Sniff, sniff, sniff…
Ouin-in-in-in!! Hic… Ouin-in-in!!
Et ils s'en sont pris à une pauvre petite comme toi!
Ouiiiiiiii!
Par où sont-ils partis?
Par… par… là! Tout au bout du bout de la rue!!

Si je les retrouve, je les égorge ! J'en fais de la purée !!
Ohé ! Vous pouvez sortir !
CLIC !
Il est parti ?
Tu es sûre ? Archi-sûre ?
Sûre et certaine ?
Mais oui !!

(222-9)

Hourrah! Tu nous as sauvés!
Vive la présidente!
Vive la chef!

Alors tes ordres ça vient?
Zut! Zut! J'ai pas d'idée! Zéro idée...!
On n'attendra pas sept ans, je te préviens!
FIN DE CHANTIER
VIVE NANA!
VOTE NANA
FIN

222-10

Boul-bouch-pharm

Je ne peux pas rentrer chez moi !...
Pas possible !
J'ai perdu mes clefs en faisant les courses !
Pauvre madame Kellmer !!
On va les retrouver, comptez sur nous !
Tom-Tom et Nana toujours prêts !
"Opération clefs", c'est parti !
Mais... attendez !

Vous ne savez même pas où j'ai pu les perdre!
Zut!
C'est vrai ça!
Voyons, voyons! Je suis allée...
... Un, à la boulangerie! Deux, à la boucherie! Et trois, à la pharmacie!
Boul... Bouch... Pharm!
Boul-bouch-pharm! Génial! On risque pas d'oublier!
Je ne bouge pas, je vous attends!
Boul-Bouch-Pharm-Boul-...

♪ Boul-bouch-pharm! ♫
Ben...
Qu'est-ce que vous racontez ?
C'est un code ! Répète avec nous !
D'accord !
♪ Boul - bouch - ♫ pharm ! ♫
♫ Boul-boum-clam ! ♫
Fatiah ! Viens chanter avec nous !!
Bouli - ♫ bouli - bou ! ♪
Super !
Ouaf ! Ouaf !

Ca-ca cacahuète!
?
Ploum-bouch-bada doum!
Vous faites un show? Je peux venir?
Ouais! Suis-nous!
Bouli-bouchi-chacha-zam!
Kiki-kikiwi!
Toc! Toc!

Plus tard...
Wouki-wouki... Bras en avant !
Wap ! Wap ! Wap ! Demi-tour !
POF !
POF !
PLOF !
POF !
Chou-chou-chou ! À gauche !
À droite !... Chou-bi-dou !
Wouki-wouki !
Et hip ! Et hop !
Et zioup !
PAF !

Boul-bouch-pharm !

?
Qu'est-ce qu'on va prendre!
Malheur! Elle m'a vu!
Rémi!
Elle arrive!
Cachez-vous!
Où? Comment?
Viiiiite!
Vite!!
PLOOOF!!

Vous n'avez pas vu Tom-Tom et Nana ?
Non... non...
Pousse-toi !
Aïe !
Ça fait une heure qu'ils cherchent mes...
Tu m'écrases le nez !
Ouille !
BONG !
Blam !!
?!!
On a seulement trouvé... ça !

Pauvres cocos, je vous ai donné du souci !
En fait, je les avais mes clefs !... Regardez !!
Aaah !!
Bliiing !
Misère de mon Dieu de...
Alors là, on ne vous aide plus, madame Kellmer !
On est trop crevés !
FIN

Pas si sotte

Vous m'attendez, hein ! Je reviens tout de suite !
C'est ça, vas-y !
Vas-y !
chambre de Tom-Tom et de Nana

On va en profiter pour écrire un truc sur elle !
Hi, hi !
Quoi ?! Sur moi ?
Qu'est-ce que vous avez écrit ?
"Nana... otte" ?
Montrez-moi tout !! Je veux TOUT voir !
Mais c'est rien ! Devine !
Euh... Nana est la plus rigolote !
FAUX !

Pas si sotte

Y a qu'un "t" à rigolote !
Et c'est pas si gentil que ça !
Je sais !! "Nana est une vieille carotte !"...
FAUX !
Dites-le-moi ! J'ai envie de faire pipi !
Mais vas-y !
NON ! JE VEUX SAVOIR !
Pfffbbbbf !
PAF !
PING !
PONG !
Nana... mmm...
...est une grosse bouillotte !
FAUX !
...Biscotte, cocotte, marmotte, tortillotte...

Allez ! File aux toilettes !
Hi, hi !
Tu sauras tout après !
Vous n'effacez pas, hein ?
Non, non !
Promis, juré !
Vous ne déchirez pas le papier !
Non, non !
Bon, j'y vais !
AAAAH ! TROP TARD ! CATASTROPHE !
Pfff !
Gagné !

Elle a fait pipi dans sa culotte !
C'était ce qu'on avait écrit !
Hi, hi, hi !
Ha, ha, ha !
Hou, hou, hou ! Je meurs !
Hu, hu, hu ! J'en peux plus !
OOOH ! J'ai ..., j'ai ...
Moi aussi !!
Vite ! Au secours !
Ça presse !

Nana! Ouvre!
Sors de là!
TOILETTES
BOUM!
BOUM!
Ohé, les gars! Je vous ai bien eus!!
J'avais tout deviné!
?!?
?!?
Et en plus, j'ai fermé la porte à clef!
Aaah! Donne cette clef, par pitié!
Nana! Tu es la plus rigolote! La plus intelligeote!
TOILETTES
La plus... La plus...
cling!
gling
FIN

Sus à Pupuce!

Sus à Pupuce

242-2

Sus à Pupuce

Pauvre madame Kellmer!
Snif!
Taille?... Énorme!
Poils?...
Longs et... touffus!
Vite, notre matériel!
Ne comptez pas sur eux!
5 minutes plus tard...
Pfff!
Opération Pupuce, c'est parti!
242-3

Bon... quelle direction prendre ?
Lieutenant Rémi, à vos jumelles !
Un indice, par là !
Attention, on approche !
Ha, ha ! Grosse crotte, gros chien !!
On tient une piste !
242-4

Queue à l'horizon!
A l'attaque!
Oh!
Pardon, madame! Je vous ai prise pour un chien!
Idiots!!
À moi de jouer! Je l'appelle, il viendra…
Pupuce!
(242-5)

Hé ! Y a une horreur qui nous suit !
Pupuce !
Quel pot de colle !
Fiche le camp, sale bête !
Mal élevé, il me mange les fesses !!
Hooo !! Il m'énerve !
J'ai une idée !
À la une, à la deux...
242-6

Sus à Pupuce

24-2-7

Hé, les gars ! J'ai une autre idée !
ALIMENTATION
DÉMÉNAGEMENTS
Monte là-dessus, trésor !
WAF !
Ouf ! Bon débarras !
Il m'a tué, ce chien !
DÉMÉNAGEMENTS

242-8

Moi, j'abandonne !
On cherchera la semaine prochaine !
Misère ! Une appa... appa... rition !
Il est ensorcelé !
J'ai peur !!!
AU secours !
???
On est poursuivi par un monstre !
24.2-9

Mon Pupuce adoré!!
WOUF!
Bravo, les enfants! Vous avez réussi à me le ramener!
Ça alors!
Je l'ai fait tondre chez "Toutou Chic"!
...Ça le change, hein?
FIN
SLURP!
242-10

Allô Tom-Tom bobo

Tu m'as estropié !
Au poil ! Tu seras mon premier client !
Ffff ! Ffff !
Assistante !
Pin-pon ! Pin-pon !
On a une urgence !
Vite ! J'ai mal !
C'est quoi, ces cochonneries ?
Ben, c'est ton matériel !
Masque opératoire !

Eau de vaisselle désinfectante !
Sécateur spécial amputation !
Clac !
Clac !
Tuyau de lavage d'estomac !
J'ai même pensé aux bandages !
Tu te fiches de moi !
Je suis secouriste, pas éboueur !
Alors tant pis pour toi !
Je démissionne !
URGENCES c'est par là !
Non ! Reste !

Un bon secouriste travaille même avec du matériel pourri !
Mon doigt va tomber !
Fais voir !
Attention, hein !
Mais y a rien ! Même pas une écorchure !
C'est de la bricole, ça ! Tu me fais perdre mon temps !
Je vais me faire soigner par un vrai docteur, là !
C'est ça !
Ouille ! Ouille !
Mauviette !
Hi ! Hi !

Maintenant les filles, y a-t-il une courageuse parmi vous ?
URG
Moi !
Félicitations !
On dit que t'es noyée, d'ac ?
Oh oui ! J'adore !
Allez, hop ! Dans l'ambulance !
Brancardiers, par ici !!
Pin-pon ! Pin-pon !

Je la trempe pour faire plus vrai !
Arrête !
NOYÉS
ELEKTROKUTÉS
Tais-toi et ferme les yeux !
O.K. !
Première étape : le bouche-à-bouche !
Hein ?!
Pas sur la bouche !
Dans l'oreille alors !
Stooop ! Tu me baves dessus !
Zut !
Assistante ! Vite, mon manuel !
J'é... é... toufff...
ELEKTROKUTÉS
INTOKCIKÉS
Les gestes qui sauvent

Ça va pas la tête ?
NOYÉS
ÉLEKTROKUTÉS
BING !
PAF !
Je rentre à la maison ! T'es qu'une brute !
Bon... À qui le tour ?
TAP ! TAP !
À toi, Fatiah !
Pas question !
Allez !
Allez, rien qu'un lavage d'estomac !
KUT
Un p'tit pansement alors ?
INTOK SIKÉS
Noon !

Lâches ! Vous pouvez toujours courir pour que je m'occupe de vous !
Tom-Tom s'occupe de vous !
URGE
'est pa
Même en cas de mort, il ne vous soignera pas !
PING !
Pff ! On s'est décarcassés pour rien !
Y a plus qu'à rentrer !
Pin-pon ! Pin-pon !
Ah, voilà notre petit secouriste !
Y a plus de secouriste !
Menu
Personne ne veut se laisser soigner !
Mais si ! Nous, on veut bien !

Moi, j'ai des coliques !
Berk !
Mes cors au pied, ça te dirait ?
Minable !
Moi, j'ai une belle verrue...
Assez !
Je veux des vrais blessés !
Il lui faut des boyaux qui saignent !
Des jambes coupées ! Des cerveaux qui explosent !
Aidez-moi ! Vite !
?!
?!

S'il vous plaît...
Du... du... sang... du... vrai !?
Le pauvre ! Il a tourné de l'oeil !!
C'est ta faute papa !!
Mais ???
Je voulais juste vous faire goûter ma confiture !
FIN

Signé Lulu

Je vais à la Fête du Livre des enfants !
Toi ?!?
Oui ! Il y a plein d'écrivains ! Je les adore !!
Moi aussi !
!!!
Je viens avec toi !
Ah non ! Tu ne sais même pas lire, d'abord !
Je ... veux y a-a-aller !
Emmène-la ! Ça ne peut pas lui faire de mal !
Elle regardera les images !

220-2

Tu as intérêt à bien te tenir, hein !
Oui, Tom-Tom !
SALON
Parce que moi, je dois travailler !
Ah ?
Attends, je vérifie mon matériel !
?
Ziiiip !
Mes bouts de papier…
pour enfants
Mes stylos de secours…
Ça va !
J'ai rien moi !
Tais-toi, et cours !
Fête du livre pour enfants
Rémi !

220-3

TRANSPORT D'ENFANTS
Dis donc, avec ta soeur, ça va être dur la chasse aux autographes!
Ouais!
RENCONTREZ
50 écrivains célèbres et Vivants!
Jean Peuplu
Dédé Gouline
René Crochu
Lulu Berlu
ACCUEIL
La chasse aux quoi?
Aux autographes!
Aux autres gaffes?
Tais-toi, et regarde!
ÉDITIONS ÉCOLE DES MOISIS

220-4

Oh, un bel écrivain !
Dédé Gouline
C'est libre !
Snif !
Monsieur ! Vous pouvez signer, s'il vous plaît !
Pschiii !
Encore !
Pour mon pépé ! Pour ma maman !
Snif !
Pour mon chat !
Mmouais !
!!!
Et voilà quatre autographes !...
Hep ! Les enfants !
Du papier !! Je viens d'avoir une idée... et je n'ai rien pour écrire !
Mmm... Ce sera une belle triste histoire...
Snif !
TCHOUU !
Scri, scri, scriich...

220-5

Où on va, maintenant ?
Par là ! Y a une petite queue !
Andouille ! C'est pour les toilettes !
TOILETTES
Tu vois, tu ne sais même pas lire !
"ATELIER Patouilles"
Tiens, va jouer avec les bébés !
Vas-y, je te dis !
On viendra te chercher quand on aura fini !
Non mais ! Ils me prennent pour qui ?!..
Hi, hi !

Oh, c'est Jean Peuplu ! Il est super connu !
EDITIONS "GALIPETTES"
JEAN PEUPLU
M'sieur ! S'il vous plaît, un auto...
Oooh...
Aaaah ! J'ai une crampe ! Vite, un médecin !
Le pauvre, il a fait 12.580 signatures aujourd'hui !
Aïe ! Ma tête ! Mes yeux !...
Pff ! Ça me décourage !
Ohé, les gars !!!

220-7

Signé Lulu

220-8

Oh! C'est la vieille dame qui écrit les aventures de Ploum-Ploum et Tralala!!
Comme elle fait jeune!
Pfff!
Hi, hi!
On approche! Je vois son chapeau!
Merci, madame Berlu!
A nous!
Madame! Des autographes, s'il vous plaît!
Nous sommes vos plus fidèles admirateurs!
Mais??

220-9

Le temps que j'aille faire un tour et on me prend ma place !...
...Mon chapeau... mes lunettes !!!
Quel culot !
Hé ! Si vous voulez encore des autographes, suivez-moi à la maison !
Oh !
FIN

220-10

Un temps de chien

Voyons Poussin, mon p'tit chou, ne reste pas sous la pluie!
Qu'est-ce qu'elle nous amène encore?
Oh, là, là! Quelle bête!
Enfin, nous voilà au sec!
125-2

C'est ça! Secoue-toi, mon lapinou!

Vous n'auriez pas deux ou trois serviettes pour que je finisse de le sécher?

125-3

Une autre, s'il vous plaît, ou plutôt une nappe!
C'est qu'il est tellement poilu, mon petit Poussin!
FRIFF! & FROFF!
Maintenant, Poussin, tu vas rester bien sage pendant que je vais déjeuner!
PFFFFF!
Smack!
Elle ne va pas rester là avec ce monstre?
Mais si! C'est la catastrophe!
125-4

Un temps de chien

Un temps de chien

Tom-Tom... euh... 10/10 en calcul, 10/10 en dictée...
Moi, je l'emmènerais en classe!
Bravo!
Vive Nana!
Moi, c'est lui qui m'emmènerait en classe!
...Et partout il nous défendrait! On n'aurait plus peur de personne! Même pas de...
Oh! La bande à Alexandre!
125.7

Ha! Ha! Les Dubouchon ! Toujours aussi bouchés! On va les déboucher avec nos tire-bouchons!
Venez vous battre, espèces d'omelettes!
TARATATATA!
PAFF!
POP!
Qu'est-ce que t'as dit, toi! Répète!
Euh... j'ai dit... Vous avez d'jolies casquettes!
Ha! Ha! Vous tremblez, nounouilles!
125-B

Allez Poussin, dévore-les!
Oh, mince alors, on est déshonorés!
?
Oh! Ce qu'il est beau, beau, ce chien!
J'en voudrais un, comme ça!
On peut venir avec vous!
Euh... ben... oui...
Hé! Attendez moi!
J'peux lui toucher la queue?
Allez, maintenant, on rentre, Poussin!
125-9

Déjà de retour ?
Ouais... Et Poussin s'est fait plein de copains !
J'ai oublié de vous dire : il adore les enfants et les enfants l'adorent !
Je vous le confierai tous les mercredis !
Quoi ?
TARATATA !
Misère ! Et voilà la pluie qui se remet à tomber !
WOOF !
POP !
PAF !
J'ai trouvé une brosse pour le brosser !
Un sucre ! Voilà un sucre !
Un os ! Je vais le lui donner !
De l'eau, pour Poussin !
FIN
125-10

Le chouchou de la classe

On change de maître !
On n'aura pas monsieur Tabouret !
Quoi ?!?
Il nous quitte ? Il est fou !
On est les plus rigolos de l'école !
En plus, il a pas le droit ! Il avait promis de garder notre classe !
C'est dégoûtant !
Moi, je fais la grève ! Je vais plus jamais à l'école !
Moi, je me suicide !
GALERIES MAXI
PAF !

On peut pas laisser faire ça !
J'ai une solution !
On le kidnappe !
Haut les mains !
Ligotez-le !
Jurez de nous garder, sinon on vous tue !
On vous aime trop, monsieur Tabouret !
Mes chers petits chouchous ! Je vous abandonnerai jamais !
Ce serait trop sublime !
Oh oui !

Hé ! J'ai son numéro de téléphone !
Vous avez qu'à lui parler !
Mais c'est vrai !
CLIC ! CLIC ! CLIC !
Je sais ce qu'il faut lui dire !
Allô, monsieur Tabouret ! Au nom de mes camarades et de la France entière...
CLAP ! CLAP !
... J'exige !
Le voilà !
Allô ?
Qui est à l'appareil ?
Euh ... c'est... Totom ... Dudu... euh...

Qu'est-ce que c'est que cette blague idiote ?
Euh... que... que...
J'ai pas de temps à perdre, moi !
CLAC !
Il a raccroché ?
Ben oui... Je comprends pas !
Tu... tu veux essayer, Rémi ?
Pas question ! Moi, je téléphone à personne, sauf au père Noël !
À toi, Sophie !
Euh... moi, je préfère écrire !
Vite ! Crayon, papier, gommettes !...

Mets des cœurs !
Au moins 10 000 !!
Et voilà le travail !
Génial !
Cher monsieur Tabouret ! Gardez-nous toute la vie !
Signé Votre classe adorée
Ça va lui faire un de ces chocs !
Oh la tête, quand il ouvrira sa boîte aux lettres !!...
Coucou ! Un billet doux !
Viiiite !

Zut, c'est fermé !
Et on n'a pas le code !
On est fichus !
Attendez ! Sa fenêtre est ouverte !
J'ai une idée de génie !
Un caillou, un élastique...
Et voilà un super-missile !
Adieu, petit caillou d'amour !
À la une, à la deux...
Vas-y, Caillou-man !

Et pan, dans le mille !
Ce que tu vises bien !
Le champion du courrier express, c'est moi !
Pourvu que ça marche !
On n'a plus qu'à croiser les doigts !
Pas comme ça, voyons !
Tu vas tout faire rater !
Comme ça !
Tabou ! Tabouret ! Tabou ! Tabou !... Avec nous !

Je suis sûre qu'on l'aura, notre Tabouret !
Oui ! Vivement la rentrée !!
Le lendemain...
Hé les gars ! On s'est trompés !
Le maître nous garde !!
Pas étonnant !
C'est grâce à nous !
Hi ! Hi !
Paraît qu'il s'est déguisé ! On va rigoler !

Oh ! M'sieur... Vous faites le pirate ?
C'est ça ! Et vous, vous allez ramer !!
Punition générale !
Copiez 200 fois !!!
Je ne dois pas éborgner mon maître adoré
?!?
?!?
FIN

Le code bonbon

Le code bonbon

(3-97) 2

Le code bonbon

(3-97) 3

Cinq minutes après...
Voilà mon sauveur!
??
Toi, au coin! Et bouche-toi les oreilles!
Pch... Pch... Pch... le code secret...
Pas de problème! Je l'ai écrit sous ma semelle!
Banque à bonbons
Zut! Il a plu, ça s'est effacé!
Espèce de NUL!
Rassure-toi... je l'ai dit à Fatiah!
quoi?!? À une fille!!

3-97 4

Mon code confidentiel!
Je vais te tuer!!
Mêêêê... Y a qu'à lui demander!
Elle est au square!
Vite, vite! Allons-y!
Je viens avec vous?
Non! Tu restes, tu surveilles le coffre!...
Au cas où il y aurait un voleur!
Fatiah!
Le code secret!

3-97 5

Le code... euh... 3, 3 ... non!
4, 4, 4 , 4...
Arrête! On dirait une poule!
Ça y est! Je me souviens!
ZIIIIIIIIIP!
Je l'ai marqué sur un papier et je l'ai caché...
PLOOUUF!
Dans ma culotte!
Mais... euh...
Mais quoi?!

(3-97) 6

Le code bonbon

(3-97) 7

(3-87) 8

C'est pas ça du tout!!
TOP SECRET
J'ai acheté un neuf tout neuf qui a coûté neuf milliards. Je l'ai mangé neuf fois avec mes neuf langues
Sophie
Mais si! C'est plein de 9! C'est le code!!
Sauvés!!
PAF!
Répétons-le pour ne pas l'oublier!
9,9,9,9,9,9,9!
Taisez-vous! C'est un secret!
?!?
g!!!
!!!
Au voleur!!
Banque à bonbons

Mes provisions de bonbons pour un an...
Crunch...
?
Banque à bonbons
C'est elle!
Mmurf!
Tu m'as espionné, avoue!!
Tu l'as fait, mon 9-9!
Quoi? 9-9? Boum, boum, ça suffit!!
CAVE
Banque à bonbons
FIN

3-97 10

La nuit des survivants

Vous voulez passer un mois ici, tout seuls?!?
Hi, hi!
Parfaitement! On n'a besoin de rien ni de personne!!
Et on va le prouver!
On survit déjà cette nuit et si ça marche...
...On continue!!
Allez partez!
Laissez-nous!
Ciao!
Salut!
Bye-bye!
Pff! Dans 5 minutes, ils nous appellent au secours!...
Toc! Toc!

Bon... Je vérifie le matériel!
Boussole!... Pharmacie!... Canot et gilets de sauvetage!...
Tout y est!
Même les pièges à bêtes sauvages!
Moi, devine ce que j'ai là-dedans?
Euh...
Le papier à cabinet!!
Ah?!

J'ai pris toute la réserve de la maison!
T'es pas un peu folle?
Ça nous encombre!!
Vaut mieux en avoir trop que pas assez!
Rémi! Tu as les couvertures?
Ben... J'en ai pas trouvé, alors...
J'ai pris la nappe du salon!
Mon papier, il peut servir si on a froid!
Oh toi! Ça suffit avec ton papier!

Plus tard...
Qu'est-ce qu'on fait maintenant ?
Ben... on survit !
On y arrive drôlement bien...
On est fortiches !
J'ai tout prévu, hein ?!
Ça oui !
Les parents, ils n'en reviendront pas !
Hé les gars ! Si on mangeait ?
Manger ?
La nourriture ! J'ai oublié la nourriture !
Oh ! Nooooon !

Attendez... j'ai peut-être un bonbon !
Vite !
J'en bave !
Le voilà !
Fais voir !
On le suce dix secondes chacun !
Je commence !
On compte !
1, 2, 3, 4...
5, 6, 7, 8...
9, 10, stop !! Crache-le !
Hurgh !... Je l'ai avalé tout rond !
Il a liquidé nos réserves !
PAF !
PAF !
Malheur !
PAF !
PAF !

J'ai trop faim ! c'est atroce !
Je vous vois tous en frites !
Si ça continue, je vais me manger moi-même !
Parle pas de manger espèce de nouille !
... Nouille ?!?
Ooooh ! Des nouilles au beurre !
Au fromage !
À la tomate !
Au chocolat !
PAF!
PAF!

Une heure après...
Tant pis, on y va !
Chut ! Les parents peuvent nous entendre...
FIN DE CHA
Une marmite !! Devant chez nous !
C'est trop beau !...
C'est peut-être un lutin qui l'a fait apparaître ?!
Idiote !
C'est ma lampe de poche qui a su la trouver !
Elle est pleine !!

À l'attaque !!
Pousse-toi !
Miam ! Miam !
Miam !
Gloups !
Mmm !... Ça fait du bien !
Quel festin !
J'en peux plus !
Je suis tout gonflé !
C'était un peu lourd !
FIN DE CHA
Le lendemain matin...
On a survécu, la-la-lère !
Bravo ! Je suis épatée !
À propos de pâtée...

... Où est la pâtée pour chien ?
Je gardais des déchets depuis 15 jours !
Aïe, mon ventre !
J'ai la colique !
On est fichus !
Il va servir mon papier à cabinet !
FIN DE CHANTIER
Camp de Survie
Du 1er au 31 juillet
complet
Interdit aux
FIN